Banane Oro

Geraldine McCaughrean

DEDALO E ICARO
E ALTRE STORIE

illustrazioni di Tony Ross

MONDADORI

Geraldine McCaughrean, nata in Irlanda, ha lavorato a lungo in campo editoriale e ora si dedica a tempo pieno all'attività di scrittrice.

Il nostro indirizzo Internet è:
ragazzi.mondadori.com

Titolo dell'opera originale *Daedalus and Icarus*
Traduzione di Valentina Beggio
Prima edizione marzo 1998
Seconda ristampa luglio 2000
Stampato presso le Artes Graficas Toledo S.A., Toledo (Spagna), Gruppo Mondadori
ISBN 88-04-44985-3
D.L. TO: 1286-2000

DEDALO E ICARO

Minosse, re dell'isola di Creta era famoso
in tutto il mondo per la sua cattiveria.
Un giorno invitò a corte un grande
inventore di nome Dedalo.
«Vieni con tuo figlio Icaro» gli disse.
«Ho un lavoro per te e ti pagherò
bene.»
Minosse chiese a Dedalo di costruirgli
un palazzo con torri altissime
e il tetto a cupola.

Nei sotterranei voleva tanti corridoi lunghi
e complicati, cosí complicati che chiunque
vi entrasse non fosse piú capace
di uscire.
Insomma, Minosse voleva un labirinto.
«A cosa servirà?» gli chiese Dedalo.
«Per custodire un tesoro? O come prigione
per i delinquenti?»

Minosse gli rispose:
«Tu costruiscimi il labirinto. Io ti pago per fare l'architetto, non per fare domande.»
Dedalo tenne per sé le domande e cominciò a lavorare.
Quando ebbe finito, guardò orgoglioso il palazzo: non ce n'era al mondo un altro cosí bello.

Ma quando scoprí a cosa serviva
il labirinto, inorridí.
Proprio al centro del labirinto Minosse
mise una belva cosí spaventosa
che è impossibile descriverla.
Si chiamava Minotauro, e mangiava solo
esseri umani!

Dedalo voleva lasciare subito Creta e dimenticare il labirinto e il Minotauro. Andò da Minosse e gli chiese di essere pagato.
«Mi dispiace» gli rispose il re «non posso lasciarti andar via. Tu solo sai come si fa a uscire dal labirinto, e il segreto deve rimanere a Creta. Perciò tu e Icaro resterete qui.»
«Per quanto tempo?» chiese Dedalo con un filo di voce.
«Oh... be'... fino a quando morirai» gli rispose Minosse con un sorriso.
«Ma non ti annoierai, sai? Ho moltissimo lavoro per un uomo in gamba come te.»
Cosí Dedalo e Icaro vissero nel palazzo di Minosse.
Il re non faceva mancare nulla ai suoi ospiti, ma erano pur sempre prigionieri.
Le loro stanze si trovavano nella torre

più alta del palazzo e dalle finestre
vedevano il mare e le isole.
Mangiavano cibi squisiti e avevano vestiti
magnifici, ma di sera la porta delle loro
belle stanze veniva chiusa a chiave

da una guardia, che poi restava
lí fuori tutta la notte.
Era una prigione assai comoda,
ma era una prigione e Dedalo
era molto infelice.
Ogni giorno metteva
sul davanzale briciole e semi
per gli uccellini.
Ammirava i colori brillanti
delle loro penne e il modo in cui
si facevano trasportare dal vento.
Loro, almeno, erano liberi di andare
dove volevano!
Bastava che aprissero le ali per volare
via da Creta.
Dedalo e Icaro, invece, sarebbero rimasti
per sempre nella loro gabbia dorata.
Il giovane Icaro non capiva perché
il padre fosse tanto infelice.
«A me piace stare qui» diceva. «Il re ci dà
tutto quello che vogliamo e questa bella
torre in cui abitare.»

Dedalo lo rimproverava.
«Ma ci tocca lavorare per un uomo cattivo! E poi siamo prigionieri. Non dovremmo stare qui, non dovremmo proprio!»
«Ma non possiamo andarcene!» rispondeva Icaro. «Come si fa a fuggire da un'isola? Volando?» e scoppiava a ridere.

Dedalo non sapeva cosa rispondere. Si accarezzava la barba e osservava gli uccelli che beccavano i semi sul davanzale.

Una mattina si svegliò all'alba e da quel giorno si alzò sempre presto per andare subito alla finestra.
Appena arrivava un uccello in cerca di semi, gli chiedeva di regalargli una penna.
Alla sera, quando tutti dormivano, Dedalo accendeva la candela e lavorava alla piú grande invenzione della sua vita.
Mattino dopo mattino, notte dopo notte, passò un anno.
E un bel giorno Icaro fu svegliato presto da suo padre.
«Alzati, Icaro, ma non far rumore. Stiamo per lasciare Creta.»
«Ma… come? È impossibile!»

Dedalo tirò fuori un fagotto da sotto
il letto.
«Ho costruito una cosa» disse al figlio.
Slegò il fagotto e comparvero
quattro grandi ventagli di penne.
Li stese sul letto e… erano ali! «Ho cucito
insieme le penne con fili di lana
che ho tolto dalla mia coperta. Adesso
guarda.»
Dedalo fece sciogliere una candela

e spalmò la cera tiepida sulle spalle
del figlio.
Poi fissò nella cera morbida due ali.
«Adesso fai lo stesso con me, Icaro.
Mettimi le ali. Quando la cera sarà
diventata dura, voleremo insieme via
di qui, liberi come uccelli!»
«Ho paura!» bisbigliò Icaro quando
salí sullo stretto davanzale della finestra.
Le ginocchia gli tremavano e le ali pesanti
gli facevano perdere
l'equilibrio.

I giardini e i cortili del palazzo erano lontanissimi, là in basso.
Le guardie erano piccole come formiche.
«N-n-non fun-funzionerà!» balbettò.
«Fatti coraggio, figlio mio!» disse Dedalo.
«Allarga bene le braccia e vola vicino a me. Ma ricordati... mi ascolti, Icaro?»
«S-s-s... sí, ti ascolto.»
«Ricordati di non volare troppo in alto! Non devi avvicinarti al sole!»
«Non devo avvicinarmi al sole» ripeté

Icaro, che teneva gli occhi chiusi
per la paura.
E lanciò un grido quando suo padre
gli diede una spinta, facendolo cadere
dal davanzale.
Icaro precipitò. Ma poi udí uno schiocco,
le ali si aprirono e il vento le sollevò:
cominciò a volare.

Volare!
«Sto volando!» gridò felice.
Le guardie, piccole come formiche agli occhi di Icaro, guardarono in alto stupite.
Agitarono le spade e urlarono, indicando le due figure volanti.
«Il re... bisogna dirlo al re... Dedalo e Icaro stanno... stanno... volando via!»
Intanto Icaro imparava a muovere

le ali e a girare a destra e a sinistra.
Il vento gli scompigliava i capelli.
Le gambe fluttuavano dietro di lui.
Icaro guardava, affascinato, i campi
e i fiumi là sotto.
Poco dopo raggiunsero il mare.
I gabbiani cercarono di beccarlo, infuriati,
e allora Icaro volò piú in alto, dove
non potevano raggiungerlo.
Li prese in giro imitando le loro grida:

«Non mi prenderete! Non mi prenderete!»
«Non volare troppo in alto!»
gli raccomandò di nuovo Dedalo.
Ma Icaro non lo sentiva perché i gabbiani gridavano forte.
"Sono il primo ragazzo volante! Entrerò

nella storia! Diventerò famoso!" pensava mentre volava in alto, sempre piú in alto.
Icaro arrivò a guardare il sole in faccia.

«Credi di essere piú in alto di tutti?» scherzò. «Io posso arrivare in alto quanto te! Anzi, anche piú in alto di te!»
Non fece caso alle gocce di sudore che aveva sulla fronte: ormai aveva deciso di arrivare piú in alto del sole.
Ben presto il calore gli arroventò il viso e le spalle e le grandi ali fissate con la cera.
La cera si ammorbidí, si sciolse, cominciò a gocciolare.
Una penna si staccò, poi un'altra, e un'altra...

Le ali di Icaro non si muovevano piú.
Gli tornarono in mente le parole
di suo padre:
«Non devi avvicinarti al sole!»
Con uno schiocco, la cera si staccò
dalle sue spalle.

Icaro cercò
di afferrare le ali,
ma gli restò in mano
un mucchio di penne
afflosciate.
Poi precipitò.
Cadde, e le nuvole
non frenarono
la sua caduta.
Cadde cosí veloce
che i gabbiani
non riuscirono
nemmeno
a beccarlo...
Dedalo non poté
far altro
che guardare
inorridito suo figlio
precipitare in mare
e affogare.

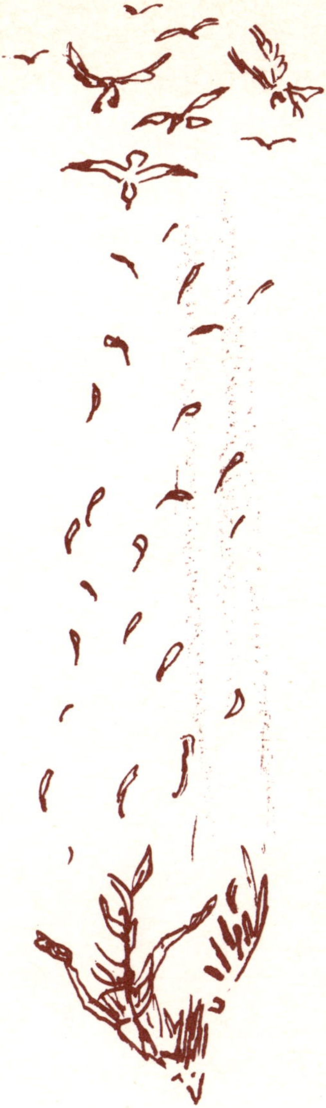

E tutto quel
che rimase
dell'orgoglioso
Icaro fu un ciuffo
di penne
che galleggiava
sulle onde.

RE MIDA

C'era una volta un re
che si chiamava
Mida, tanto stupido
quanto ingordo.
Una volta gli dèi Pan
e Apollo si sfidarono
in una gara
musicale e chiesero a Mida di fare
da giudice.
Pan era amico di Mida, perciò il re decise
di far vincere l'amico prima ancora
che cominciasse la gara.
Dovete sapere che la musica di Apollo
rispetto a quella di Pan era come quella
di una tromba d'oro rispetto a quella
di un fischietto di latta.
Ma Mida aveva già deciso.
«Il migliore è Pan! Oh, sí! Non c'è alcun
dubbio! Pan è stato molto piú bravo»
disse alla fine della gara.
E non la smetteva di lodare l'amico. Apollo
diventava sempre piú rosso di rabbia

e a un tratto puntò un dito contro Mida.
«Se pensi che la musica di Pan sia migliore della mia, vuol dire che le tue orecchie non funzionano.»
«Le mie orecchie funzionano benissimo» disse lo sciocco re.

«Sei sicuro? Va bene, vedremo...»
Quando tornò a casa, Mida sentí un prurito alle orecchie.
Si guardò allo specchio e... orrore!... le sue orecchie si stavano allungando!
Crescevano, crescevano e diventavano pelose.
Quando si fermarono, si ritrovò con due orecchie d'asino!
Mida pensò di nascondere quelle orribili orecchie pelose dentro un cappello molto alto.

"Nessuno deve vederle!" pensava tirandosi il cappello fin sugli occhi.
Tenne il cappello tutto il giorno, e nessuno scoprí le orecchie. Se lo tenne addosso anche la notte, perciò nemmeno la regina vide le orecchie d'asino.
Con suo grande sollievo, la gente non si accorse di nulla. Anzi, tutti pensarono che quel cappello cosí alto fosse una nuova moda, e lo imitarono.

Ma c'era una persona che avrebbe
scoperto il segreto.
Mida lo sapeva bene. Era il suo barbiere.
Quando arrivò a tagliargli i capelli,
lo spaventoso segreto fu scoperto.
Il barbiere restò a bocca aperta.
Sbarrò gli occhi
e si infilò
un asciugamano
in bocca per non
scoppiare
a ridere.
«Giura che
non lo dirai
a nessuno!»
ordinò re
Mida.
«Giuro! Mai!
A nessuno!
Lo giuro!»
promise
il barbiere.

Tagliò i capelli al re e lo aiutò a rimettersi il cappello.
Avevano un segreto.
Nessun altro avrebbe saputo.

Il barbiere aveva giurato e mantenne la parola.
Ma che fatica!
Era cosí difficile mantenere un segreto simile!
Aveva una voglia pazzesca di dirlo a qualcuno.
Gli capitava di mettersi a ridere in mezzo alla gente, ma non poteva spiegare perché. Di notte restava sveglio perché aveva paura di parlare nel sonno.
A volte gli sembrava di scoppiare tanta era la voglia di dirlo.
Alla fine si rese conto che non poteva piú trattenersi.

Uscí dalla città e andò lontano,
nella pianura, lungo il fiume.
Scavò una buca nel terreno e ci mise dentro la testa, piú in fondo che poteva.
Poi sussurrò nel buco:
«Re Mida ha le orecchie d'asino!»
Adesso si sentiva meglio. Riempí la buca e tornò a casa. La pioggia bagnò la terra e, dopo un po', l'erba e le canne crebbero sopra la buca e il suo segreto.

Intanto Mida passeggiava nei giardini della reggia (naturalmente col suo cappello in testa) quando incontrò un centauro, metà uomo e metà cavallo. Il poveretto si era perso.
Mida gli diede da mangiare, poi gli indicò la strada giusta.
«Ti ringrazio molto» gli disse il centauro. «Voglio sdebitarmi. Se esprimi un desiderio, sarà esaudito.»

Poteva chiedere che gli sparissero
le orecchie d'asino, vero?, e invece no.
Era un ingordo e immaginò oro,

gioielli,
monete...
I suoi occhi
brillavano.
«Desidero
che tutto ciò
che tocco
diventi d'oro!»
«Non mi
sembra
una buona
idea, sai?»
gli disse
il centauro.

«Pensaci meglio.»
Mida però era deciso.
Quello era il suo desiderio.
Il centauro si strinse nelle spalle
e se ne andò.

«Imbroglione! Sapevo che non poteva essere vero!» esclamò re Mida.
Era cosí arrabbiato che prese un sasso per scagliarlo contro il centauro.
E il sasso divenne d'oro.
«D'oro! È diventato d'oro! Allora il centauro non mentiva!» gridò, mettendosi a saltellare dalla gioia.
Corse vicino a un albero e lo toccò.
L'albero divenne tutto d'oro.

Mida tornò di corsa a palazzo e toccò pareti, sedie, tavoli, lampade... tutto divenne d'oro.
Toccò le tende, e perfino quelle divennero d'oro.
«Preparatemi un grande banchetto!» ordinò Mida. «Diventare ricco mi ha fatto venire fame!»

I servi si affrettarono a cercare carne
e pane, frutta e vino.
Intanto Mida toccava i piatti, le posate
e i bicchieri:
voleva mangiare
con stoviglie d'oro.
Il cibo arrivò.
Mida, ingordo,
afferrò
una bella coscia
di pollo
e l'addentò.
Clang!
La coscia era
durissima
e fredda.

Il sedano gli tagliuzzò la lingua.
Il pane gli ruppe un dente.
Tutto il cibo diventava d'oro quando
lo toccava.
Perfino il vino divenne d'oro dentro
la caraffa!

«Non state lì impalati! Portatemi qualcosa da mangiare!» urlò ai servi e spinse via uno di loro.
Ma l'uomo divenne d'oro e cadde a terra con un tonfo.

In quel momento entrò la regina.
«Cos'è questa storia del desiderio?» chiese al marito e si avvicinò per dargli un bacio.
«No! Ti prego! Non toccarmi!» gridò lui

correndo lontano dalla moglie.
Ma il suo bambino, che era troppo piccolo per capire quello che diceva, gli corse incontro e gli abbracciò le gambe.
«Papà... papà... pa...» Poi piú nulla.
Le mani d'oro del bambino erano ancora abbracciate alle gambe di Mida.
La piccola bocca era aperta, ma non ne usciva alcun suono.

Mida corse in camera da letto e si chiuse
dentro a chiave.
Ma non poteva dormire perché il cuscino
era diventato d'oro.
Aveva fame e sonno.
Era stanco e aveva molta paura.
«Oh, dèi!» pregò. «Toglietemi questo
dono spaventoso! Io non avevo
riflettuto!»
Si udí un rumore di zoccoli
e alla finestra apparve la testa
del centauro.
«Ti avevo avvertito» gli disse.
Mida cadde in ginocchio sul pavimento
d'oro.
I suoi abiti d'oro suonavano come
campane ogni volta che si muoveva.
Il cappello cadde a terra e sembrava
una pentola d'oro.
«Riprenditelo. Per favore, chiedi agli dèi
di riprendersi il dono!» disse Mida
piangendo.

«Io credo che tu abbia già abbastanza guai con quelle orecchie» disse il centauro ridendo. «Va bene. Vai al fiume e lavati. Ma cerca di non essere piú cosí sciocco.»

Re Mida attraversò la pianura coperta d'erba e corse al fiume.
Scostò le canne e si tuffò.
Alcune onde si coprirono di polvere d'oro, ma l'acqua non divenne d'oro.
Nemmeno la riva, quando Mida vi risalí.
Era guarito!
Riempí molti secchi d'acqua e tornò alla reggia.

Rovesciò un secchio sulla piccola statua d'oro.
E subito il suo bambino si alzò in piedi, bagnato fradicio, e si mise a urlare.

Intanto l'erba cresceva nella pianura,
e crescevano le canne vicino al fiume.
Quando il vento soffiava, frusciavano.
Se il vento soffiava piú forte,
mormoravano.
E se il vento soffiava molto molto forte,
sussurravano:
«Re Mida ha le orecchie d'asino!»
Una volta il vento soffiò fortissimo
per giorni e giorni, e per miglia e miglia
la gente udí molto chiaramente:
«Re Mida ha le orecchie d'asino!»
Ecco perché anche noi conosciamo
il segreto di re Mida.

NOMI STRANI E PERSONAGGI SCONOSCIUTI

Il Monte Olimpo e gli dèi principali

L'Olimpo è la montagna piú alta della Grecia (2920 metri). Si credeva che sulla sua cima abitassero gli dèi.
I Greci veneravano numerosi dèi, che poi anche i Romani adottarono cambiandone il nome.
Il re degli dèi era Zeus, che i Romani chiamarono Giove.

Apollo

Dio della luce e della bellezza, ispirava i poeti, i musicisti e i filosofi. Figlio di Zeus, era anche il dio delle profezie. Un altro suo nome era Febo, che significa "raggiante" perché veniva spesso identificato con il sole.

Minosse e il Minotauro

Il re di Creta, Minosse, era figlio di Zeus e di una donna mortale, Europa. Si sposò con Pasifae, che ebbe un figlio mostruoso, il Minotauro, che aveva corpo di uomo e testa di toro e si nutriva di carne umana.

Pan

Era nato da Ermes e Driope, ma la madre lo aveva abbandonato perché aveva la barba, le corna e i piedi di capra.
Ermes invece lo portò sull'Olimpo, e gli dèi si divertirono a vedere quell'essere cosí strano.
A Pan piacevano molto le ragazze, ma il suo aspetto le faceva scappare.
Gli piaceva anche moltissimo ballare, danzare e suonare la zampogna. Proteggeva i pascoli e le greggi; gli erano sacre le cime delle montagne, le caverne, le vecchie querce e i pini.

Centauri

Erano cavalli dalla cintura in giú e uomini dalla cintura in su. Questi strani esseri amavano molto bere e divertirsi e alcuni di loro erano anche litigiosi e prepotenti. Altri invece erano molto sapienti e uno, Chirone, fu l'insegnante dell'eroe greco Achille, che partecipò alla guerra di Troia.

NOMI DEGLI DÈI

Grecia	Roma
Crono	Saturno
Zeus	Giove
Era	Giunone
Artemide	Diana
Ermes	Mercurio
Apollo	Apollo
Pan	Fauno

VUOI LEGGERE TUTTE LE ALTRE BANANE?

BANANE BLU

Chris d'Lacey
OGGI FACCIO IL GIOCOLIERE

Antony Lishak
TORNA A CASA, ORSACCHIOTTO

Susanna Gretz
UNA MAPPA PER LE NOCCIOLE

André Amstutz
L'ISOLA DEI MOSTRI

Tony Bradman
DINO TROVA UN AMICO

Selina Young
IN VIAGGIO PER LA LUNA

Gregory Evans
C'È UN GUFO NEL CAMINO

Rachel Pank
CACCIA AL TESORO

Andrew Matthews
UN FLAUTO MAGICO

Jenny Koralek
SAI TENERE UN SEGRETO?

Rosemary Debnam
UN CUCCIOLO IN FUGA

Tony Bradman
UNA FAMIGLIA DI MUMMIE

Eric Houghton
LA PRINCIPESSA DELLE LOCOMOTIVE

Brian Morse
UN CAVALLO DISPETTOSO

Alison Ritchie
MUSICA PER JO CONIGLIO

Tony Bradman
MEZZANOTTE IN EGITTO

Bel Mooney
NO, NO E NO!

Jan Fearnley
LA STREGA PASTICCIONA

Matilde Stewart
LA GALLINELLA ZOPPA

Pippa Goodhart
TRISTE E ALLEGRA

Paul Stewart
LA FESTA DI MILLI

Jacqueline Wilson
OCCHI DI MOSTRO

Bel Mooney
NON TI ARRABBI? PROMESSO?

Julie Bertagna
BETTINA E LA LUNA BAMBINA

BANANE ROSSE

Michael Hardcastle
UN GIGANTE PER AMICO

Elizabeth Laird
UN CANE UN PO' SPECIALE

Penelope Lively
TRE FANTASMI E ALTRI OSPITI

Rachel Anderson
LE SCARPE PARLANTI

K. M. Peyton
PIPPO IL MARINAIO

Berlie Doherty
IL RIFUGIO DI STELLA

Hazel Townson
LA STORIA DEI DENTI ASSASSINI

Dick King-Smith
FRED IL FULMINE

Vivien Alcock
UN REGALO APPESO A UN FILO

Douglas Hill
IL MAGICO CASTELLO SULL'ALBERO

Chris d'Lacey
L'ANELLO MANCANTE

Berlie Doherty
L'UCCELLO D'ORO

BANANE GIALLE

Hervé Jaouen
IL MOSTRO DEL LAGO NERO

Jean-Loup Craipeau
DOLCE DELITTO

Marie e Joseph
UN TERRIBILE SOSPETTO

Florence Dutruc-Rosset
L'ASSASSINO DELLA PORTA ACCANTO

Paul Thiès
NIENTE WHISKY PER MEFISTO

Marie e Joseph
IL RAPIMENTO DEI CANI PERDUTI

Didier Daeninckx
IL GATTO DI TIGALI

Joseph Périgot
MIGNOLO TROVA UN TESORO

Pascal Garnier
LO CHIAMAVANO KING KONG

Marc Villard
LE DITA ROSSE

Thierry Lenain
NESSUNA PIETÀ PER BARBIE

Michel Piquemal
HANNO RAPITO LULÚ